KB126462

이름 이후의 사람

전형철
1977년 충청북도 옥천에서 태어났다.
2007년 『현대시학』을 통해 시인으로 등단했다.
시집 『고요가 아니다』 『이름 이후의 사람』을 썼다.
조지훈문학상, 현대시학작품상을 수상했다.
현재 연성대학교 교수로 재직 중이다.

파란시선 0059 이름 이후의 사람

1판 1쇄 펴낸날 2020년 6월 30일
1판 2쇄 펴낸날 2022년 5월 20일
지은이 전형철
디자인 최선영
인쇄인 (주)두경 정지오
펴낸이 채상우
펴낸곳 (주)함께하는출판그룹파란
등록번호 제2015-000068호
등록일자 2015년 9월 15일
주소 (10387) 경기도 고양시 일산서구 중앙로 1455 대우시티프라자 B1 202-1호
전화 031-919-4288
팩스 031-919-4287
모바일팩스 0504-441-3439
이메일 bookparan2015@hanmail.net

ⓒ 전형철, 2020, printed in Seoul, Korea

ISBN 979-11-87756-70-5 03810

값 10,000원

이름 이후의 사람

전형철 시집

시인의 말

다른 창문 너머 하늘을 그녀도 보고 있을 것이다. 저녁밥을 소분하
다 말고 다시 한 명 분의 삶을 덜어 낸다. 가혹한 이름들의 귀퉁이
가 부서져 내린다. 명명(命名)과 명명(明命) 사이에 명멸하는 바깥
을 오래 자책한다. 아주 오래전 별들에게 처음 이름을 붙인 이는 얼
마나 적요로웠을까. 바람의 어깨를 토닥이며 세상의 모든 배후에게
안부를 전한다.

차례

시인의 말

해설

제1부

슬프다고 말하기 전에

세상의 모든 종말은 내 처음의 것.

말이 늦다. 유음은 배워 두고 받침은 잃어버린다. 문자의 유전자는 사라지지 않고 심장 아래 잘 끼워진다.

아직이거나 이미였던 것들에 달린 열성의 꼬리표.

날이 차면 산이 밝아진다. 코끼리 뼈를 상처 없이 도려내고 한 줌 모래알을 쥐고 단풍잎에 한 손을 올린다. 배경이 사라지고 창살만 남는다. 손가락을 벌린다. 느리게 감옥은 커진다.

칸막이 하나다. 밤이 무덤을 열어 문에 들어앉는다. 지키지 못한 임종을 옷걸이에 걸어 두고 턱을 성호의 방향대로 긋는다. 신음은 낮고 치명적으로.

둥지에서 죽지 못한 아기 새에게. 부디. 산 자의 놀음. 죽은 자의 기도. 뒤로 돌아 걸으며.

세상의 모든 탄생은 나 다음의 일.

거기서 나는 그림자를 떠메고 간다.

라틴처럼

바나나는 멸망할 것이다
잉카제국의 마지막 황제는 아타우알파
피는 대지, 마음은 물레라
묘비명을 남겼다
옥수수를 짓이겨 만든 인간이 다시
옥수수 씨앗을 틔우고 있을 때
대륙의 골수는 산맥을 따라 요동쳤을까
달력은 모두 평일로 기록되고
어깨까지 차오른 황금은
피사로에게로 피사로에게로
지구의 가장 깊은 곳에서
화산이 솟아오른다
가뭇없는 고산 열병
붉은 언덕
수염을 휘날리는 회색늑대는
동상으로 굳어 간다
수호성인이 목동의
초를 피워 올린다
바나나도 옥수수도 황금도
발굴되지 못할 것이다, 라틴처럼

해삼위(海參崴)

금각만(金角灣)에 앉아
편지를 읽는다

라이터를 켜는데
두꺼운 외투의 단추를 따라
등이 켜진다

아이훈의 필체를
너는 여간 닮았다

길은 얼어도 항은 얼지 않고
빛은 유빙을 타고

여하(如何)한가
어둠은 물과 뭍의 몸을 바꾸는데

배는 바다의 배를 가르며
청어 가시 같은 유성우를 쏟아 낸다

사선의 힘으로

맨몸을 훑는다

동방을 정복하라
남쪽은 낮고 축축하니

처음부터 거기 있던 풍경처럼

마음은 먼저 얼어 버렸는데

시베리아로 열차는 떠난다

오랑캐가 죽은 아비의 이름을
말갈기에 묶어 보내고

초원에 누워
돌을 안고 통곡하듯

말들의 묘지

서계(書契)의 시대가 끝났다
지루한 국경이 아프리카식 직선으로 정리된다

종언이라는 말을 들으면 구멍을 찾고 싶다

음침하고 신비로운,
고개를 내밀 때 처음 빛을 보는,
새 이름을 얻는,
도사리고 싶은,
구멍이 많을수록 고등한 생물이거나,
홈이 많으면 그로테스크한 토템이 되거나,

새로 말하는 법은 다른 시간의 정수리로 쏟아진다
다육 화분의 이파리 같은 심장을 손에 들고
가벼운 얼굴로 다가와 입 맞추고
벽에 등을 붙이고 걸어간다

다른 별의 궤도는 이미 뒤틀려 버렸으니

늦은 아침을 배우는 시간은 더 늦어진다

축축한 혀와 다르게 공명을 시작한 통
점토판에 굳어 간다

어둠이 바다와 합류되는 빛깔로
서문의 오역이 가장 아름다운 에피그램으로
뒤로 걸으며 소리와 흔적을 지우는 미행의 철자법으로

묘지석에 파인 곡선을 문진하는 사이 숨소리가 커진다

가까워졌으나, 거기 있는 곳까지
내내
나는 가고 싶지가 않다

저수지와 케이크

품이 넓은 소(沼)에는 물결이 있어 대국의 말처럼 둥근 높이를 가지고 있지 여기서 빠져 죽은 혼들이 저 떠 있는 새들의 물갈퀴를 간질이고 있는 거야

여기까지 오는 데는 누구나 긴 터널을 건너야 하고 터널이 끝나면 몇 번 들었다 놓은 커피 잔에 물방울이 흘러내리지 네가 가진 것들이, 기름진 날개가 없어 새의 배 속에 들어앉은 우리를 구르게 할 거야 떠 있다 보면 흘러가겠고 흘러가다 보면 물의 사타구니에서 다른 종자로 몸이 바뀔지도 모르지

아름다운 여인의 모호한 발음 속, 우리는 만세를 부르고 싶지만 둥근 케이크에 꽂은 촛불의 나이만큼 주저주저하겠지 침묵이 관으로 걸어 들어가는 품새겠지 영혼이 휘발되는 느낌이겠지

가방에 담은 것들을 몰래 리모델링하는 여관 가림벽 뒤에 던져 주며 물속에서만 보이는 다리를 생각했지

어둠은 통상적으로 매혹적인 것 같다 허방에 찔러 넣은 왼쪽 다리 저수지에 사는 트리톤이 남긴 가지런한 잇자국 진실의 입속 치열을 따라 오늘도 기차는 가장 큰 저수지를 향해 달려가겠지 연착하는 마음으로

크고 둥근 볼록렌즈로 별 하나를 태우는 밤이다, 나의

이름 앞 자와 너의 이름 앞 자를 따 만든 저수지가 환해
진다

어둠에 밑줄

어둠의 시선을
알고 있었던 것일까
도려낸 오른쪽 심장
두 손에 쥐고 힘을 주면
수밀도처럼 흐를지 풍선처럼 터질지
오래된 수첩에 번진 밑줄
뜨겁게 달궈진 비를 맞으며
하늘을 부풀리는 바람과
뭍으로 달아나는 해초와
독한 새 떼를 견디고 돋는 들풀들
파수 지난 어음을 돌리듯
밤은 불리는 이름이 많고
난간에 묶인 채
먼지의 메아리를 따라
저 바깥의 바다로
등대지기 떠난
없는 동네의 있는 이름
먼저 내민 손을 거두며
밤마다 긋는 밑줄
내 오른쪽 심장의

해독,
어둠의
해도

천지학자

대륙은 지구의 얼룩

얼룩은 땅에 가까운 식물

대서양을 따라 서쪽으로 우회하면 폭풍봉이 있다

이름을 바꿔도 여기서부터 바람의 국경

예감은 믿음에 앞서 정탐한다 마름쇠를 밟고 쓰러지는
말처럼

삼각주의 주름 너머 결박된 발밑, 소금 알갱이는 정향(丁
香)처럼 빛난다

돛의 경사를 따라 고개를 기울이며 천천히 잇몸을 드러
내고 웃는 여인들

섬과 섬의 가랑이를 뛰어넘어 춤추던 반란

길을 지우고 떠나는 바다 위로 해는 식어 간다

그물 가득 주머니를 채울 향기로운 별

허파를 감싼 투망을 뜯어내 하늘에 던진다

99일 후 제도(諸島)에 안착할지도

자오선을 그은 지도를 말아 담배를 만다

함대에 불을 붙인다

별의 심지는 하룻밤 더 짧아질 것이다

라탄 코스터

파닥거리는 아가미 고요해집니다
순서대로 만들 필요 없습니다
열쇠 구멍을 안으로 내어도 좋고
짙은 먹구름을 가둬 샌드백을 걸어 두어도 좋습니다
증발하는 숨결
어려운 약관은 다음으로 넘겨도 됩니다
이제부터 유기일지 무기일지
찰랑찰랑 유리관에 저당 잡힐지 모릅니다
세끼 외에 더
설명할 길이 없습니다
눈물보다 단단한 보석을
배꼽으로 물고 있어야 합니다
왼쪽으로 돌기만 하면 시곗바늘은
허리띠를 묶고 반대 방향으로 춤출 것입니다
강물 속에 강물 속에 손을 넣고
부르튼 살결을 슬어 올리세요
손목에 푸른곰팡이 피면
뼈가 무른 시간은
당신의 편이 아닙니다
오랫동안 잊고 있길 바랍니다

각기 다른 눈의 그물을 찢고 나온 어둠이
텅 빈 복도에 놓여 있을 겁니다
받침이 맞지 않는
즐거운 저녁입니다

그리고 유턴

다시 주워 넣어 봐
별들이 묘하게 다른 어투로 말하는 것 같지
숨을 참고
가슴팍에 쑤셔 넣은 손으로
빈 포켓처럼 부푼 폐를 쥐고
말해 봐
네가 여길 나가면 뛰어내리게 될 절벽에 대해
아무것도 안으로 들이지 말고
목소리를 되새김질하며
네 뼈의 나이테에다 빗금을 쳐
공중에 나뭇잎을 대고 긋듯이
라이터를 거꾸로 쥐고
배꼽에서 혀뿌리까지
잘 무두질해 둬
울타리를 뛰어넘는 배밀이 짐승처럼
거울과 벽의 경계를 걷어차면
이 생(生)을 악물고 있던 아귀들이 내장처럼 쏟아질 거야
손을 씻으며 얼굴의 반은
다른 반과 같지 않아서 닮았지
진로가 아니라

퇴로여서 다행이야

낡은 신발을 오래 끌고

온 길 그대로

그만 가

반쯤 뜯겨 나간 기억은 두고

빈 의자

가로수가 나뭇잎 하나를
차창에 떨군다

시간의 낱장을 뒤적거리며
당신이라는 벼랑을 더듬거리는 동안

수직의
입술은
노랗거나 붉거나

반듯한 거리에 생긴
색색의 등고선을 따라

샘이 있었다는 가슴팍까지
빛은 꼬리를 감고

적막이 혼자 한 발 한 발 걸어 들어가
깊어질 그늘

세상이란 모퉁이가 잘라 낸

늘 마음만 앞서가서
보이지 않던 골목으로

정든 공중의 서편
천 겹의 오후가 출렁인다

이끼

화분이 죽었다
잘린 색종이처럼

창 너머로 손짓했지만
볕은 토해 놓은 그늘의 입을 막고 있다

주인은 죽은 시간을 편애했다
남은 물기의 결을 따라

원통을 한 방향으로 핥았다
방에 갇혀 천천히 제 살을 맛보던 유기견의 혀

음지식물을
양지에서 장례 지낸다

빛과 어둠의
솔기가 터진다

마른 노을이
저녁에 뿌리내리는 시절

수척하고 가는 손가락이
발목을 잡았다

망원

1

그는 생각보다 키가 크고
엄지와 검지로 만든 동전은 잠시 거인의 눈을 빌리기에
부족함이 없다

2

거인의 눈을 목에 걸고 목성의 두 행성을 염려한다
오늘의 날씨와 부고란을 뒤적이며
우산과 검은 비옷의 비율에 대해 고민한다

맨눈에 두 행성은 뿌연 버스 창 같을 테지만

동전은 무겁다 땅에서 멀어질수록 무게는 줄어들고 사
람은 공중에 던져지면 사지를 벌리게 마련이다 비행과 낙
하 사이 질량과 중력에 시험 든다
눈을 감고 간절히

두 행성과 멀어져 다른 행성에 내리고 안도한다

신은 거인의 눈 사이에 있다

3

지난 세기까지 믿는 것은 보이지 않았다
다리를 건너는 바퀴들이 다급하게 속력을 줄이다 후진해
돌아왔다
잠시 머뭇거린 순간,
거인은 몸집에 비해 힘이 세
보이는 것은 믿는 것이 되었다

언덕에서 그는 오랫동안 혼자였다
마른 수건은 도무지 축축해지지 않았고
밤새 굴러갈 생각을 하지 않았다
소문과 불신이 세차게 귀를 울리기도 했지만
하늘로 길을 잡은 물관을 들여다보며

계절은 조금 늦기도 했다

4

거인의 눈은 자정을 지나 길어진다

그는 빛으로 보는데 빛이 없는 곳에 주목한다

그리고 작은 행성의 경도쯤은 폐업한 휴게소처럼 지나
친다
트랙을 한 바퀴 따라잡듯 뒷모습이 사라지기 전 잔상을
뚫고

그는 목성의 위성의 위성이 되기로 마음먹었다

추(錘)

어둠은 열기다
깊은 곳은 뜨겁다

간유리에 비친 가로등을 품고
지금 웅크리고 있는 자
이 별에 그림자로 사는 사람

어둠의 족적을 불러내며
발톱과 손톱이 자라는 걸 번갈아 지켜보는
파산의 시간들

오늘에서 내일로 넘어가지 못하는 시곗바늘 위

쇳물로 된 지구의 내핵을 매만지는
마음의
이 뜨거운 씨앗을
어디다 내던져야 하나

제2부

압화

*

막차 직전 열차가 들어온다
나는 막차에 타지 않을 수 있고
막차에 탈 수도 있는데

막차에 실려 올
기울어진 어깨 속으로
꽃잎이 손을 집어넣는다

**

꽃잎이 오늘의 밀도를 높이며 지난다

***

막차가 아니면서 막차인 꽃잎
레일 위를 달리던 다른 발끝이 주춤한 사이
종착과 환승과 실종 사이를 망설이는데

꽃잎이
한 정거장 앞서 내린다

****

꽃잎, 지구의 껍질을 서성거리는 무늬

***

그저께는 비가 와서
내 가방엔 아직 우산이 남아 있고

꽃잎이 묻은 우산은 오래 낡았고
그대로 가방은 집의 귀퉁이에
묻히고

**

삐라 같은 꽃잎의

손을 가린

*

나는 꽃의 입술로 걸어 들어간다

사이클로이드

지나간 계절은
잇바디에
검은 호두를 굴리며 산다

아침을 박차고 나가는 침대에 남은 어둠과
마르지 않은 이슬과
달리는 원들이 가르는 신호

나는 시작되고 싶지 않아

가속이 시작된 별자리를 향해

쏘아 올린 말은

누구의 우주에 매달리고 있나, 휘고 있나, 달리고 있나

오래 중심을 지킨
바큇살처럼
첨점(尖點)의 고리를 따라

너를 닮아
홀로 무너지는 일

마음을 세운다는 것과

마음의 지분을 계산한다는 법

초원을 헤엄치는
비린 바람의 비늘을 말린다

두 팔을 벌려 알을 털어 내듯

파편들 부스러기들
뿔뿔이 흩어지고
산산조각 나는

분수의 습관

원의 가장자리를 깨물면
어디든 별자리가 생긴다

순간을 두드리다
구멍 속으로 사라진다

수압에서 놓여난 물의 입자들이
공중에 집결하는 동안

사람은 복원술을 개발했지만
사랑을 복원하진 못한다

빛은 다음 빛에게
등이 떠밀리고

소수(素數)라는 말에
불규칙할 권리를 박탈한다

하늘을 비운다

당신을 발음한다

꽃을 번역하는 심정으로

날짜변경선

너는 좌우가 대칭이다
보이지 않는 선을 지나
시차는 생겨나고
내려앉기 위해
좌든 우든 방향을 정해 날아야 한다
머뭇거린다
비뚤어진 치열을 딱딱거리며
나선으로
기울어진 추를 따라
순서대로 눈을 감는 영혼들
우주를 향해 튀어 오른다
사탑이 없었더라면
납으로 만든 공과 떡갈나무 공은
다른 하루를 살았을 것이다
날개 중앙을 가르고
여러해살이는 대칭을 잃고 기운다
나이테를 따라서
오른손을 따라서
자전하는 지구에 말뚝을 박아
꼭 쥐고 있으면

너는 어제의 너일 수도 있고
내일의 너를 붙들 수도 있다

월식

어제의 매듭을 바라본다

지상의 관심은 낮에만 뜨겁고

눈알을 담근 밤하늘

비극적인 포옹이

뒤통수와 등을 가까이, 좀 더 가까이

저절로 열리는 방문과

숨결이 교차하는 사이

검은 커튼이 드리웠으므로

당신의 눈물로 걸어 들어간다

여기와 저기의 정렬,

혼혈의 시간이

다르게 기억되기 시작한다

이별은 미분

숫자는 종이 위에서 절룩거린다

리듬을 타고 춤은 오와 열이 무너진다

당신을 만난 것은 죄가 아니나 늘어진 취객의 멱살을 끌어올리듯 서서히 차오르고 있다

기억은 반올림할 수 없고 서둘러 마무리될 수 없다

피동의 숲을 건너 수열의 강을 지나 길고 가는 뱀을 따라가야 한다

마지막 손짓이나 안부를 생략하고 바람과 저녁의 촉감은 지정된 소수점에서 버려야 한다

당신을 만난 적이 없다는 말이 당신은 기록이 없다로 증명될 수 있을 때까지

아름다운 상별은 변수로 수렴될 것이다

제발 당신은

살아서도 죽어서도

소수(素數)처럼

시간의 정오(正誤)

—종로3가

오랜만이다

별을 문진하느라 5분쯤 늦을 것 같아

소설의 지문 같은 말

자주 이름이 보이더라

오늘 달과 화성과 금성이 직렬한대

우리가 모일 수 있는 최적의 편성표겠지

다리를 묶어 두거나 의자를 좀 당겨 앉아

4년마다 1초쯤 느려지거나 빨라지겠지

이런 날엔 눈은 주머니에 넣어 두고

집을 비우는 거야

울타리에 묶인 종은 하루만 울고

네 번째 간빙기에는

붉은 심장을 문밖에 쌓아 두고 다음 태어날 아이의 이름을 불러 보는 거야

땅속 길이 너무 뜨거워

막차는 주말에 달라지겠지

지구가 멸망하면 인사하자

탄로 난 비밀 주파수마냥

너는 누구의 행성이니, 우리는 누구의 얼굴이니

다솔(多率)
—만호 형에게

솔(率)을 찾는다
음을 알았으나
뜻은 형이 있는 곳처럼 멀다
귀가 우산을 닮은 형
바람을 잡으려는 그물처럼
마음의 조타를 교신하다
추수 끝난 들판 하얀 두루마리가
계절을 조리는 동안
꽃이 펴서 울었다는 벙어리와
꼬집혀서 울었다는 벙어리
솔솔 소나무 향으로
무릎에 앉는 줄도 모르고
차가 향기롭기는 다솔(多率)보다 도솔(兜率)인데
다르게 유전된 문자를
화투 패 맞추듯
황금공작편백
다솔,
우리는 사주경계에 거느릴 것이 많은 사람
손을 모으지 않고도
몸은 없고 사리만 남은 이 생을

54

뺑뺑이 도는 사람

세 바퀴 돌고

한 바퀴는 접어 두는 사람

대지의 푸른 심지 꺼져 갈 결사(結社)

혼자 남은 사람

● 대지의 푸른 심지: 장만호, 「이파리 위의 생」에서.

오늘의 작법

눈물짓되 눈물 흘리지 말 것

삶의 단어로 내 선 곳에서 가장 먼 데로 찌를 던질 것

열 번을 읽어도 모르는 것은 피돌기가 맞지 않음으로 과
감히 폐기할 것

관념으로 휘젓고 감각으로 쓸 것

제목과 내용은 처가와 고부(姑婦)의 거리로 정위치시킬 것

미소와 울음을 양날의 검으로 삼을 것

신(神)보다 귀(鬼)나 마(魔)와 친분을 유지할 것

태양을 피하되 촉기를 잃지 말며

취하지 않음을 경계하고 만나는 것들의 이름을 다시
지을 것

길은 돌아가되 마주할 작은 기적을 놓치지 말 것

세 단어로 말하고 한 줄을 소중히 할 것

기한을 지키지 말고

물고기를 잡지 말며 새의 길을 따르지 말고

바다와 허공을 문신으로 새길 것

채무와 추방을 지병 삼고 장수를 포기할 것

후손을 걱정하지 말고 이 별에 다시 태어나지 않기를
소원할 것

마음에 웅덩이와 사막을 키우고

일등보다 이등을 경외하며

비극의 훈습을 겸허히 인내할 것

숲을 태워 한 줌의 재로 만들고

어둠 속에서 신음하며

살아서나 죽어서나 실전(失傳)된 비급으로 남을 것

쓰는 죄를 짓지 말고

미결수(未決囚)로 남되

형이 확정되면 자결할 것

그리고 부디

어머니의 노래를 외워 둘 것

얼음의 뼈

찬 벽면을 그리며
조금씩 뜯어 먹던 뼈

잎사귀 없이 매달린 열매
빙하가 흘러든다

잠들기 어려운 밤과
일어나기 싫은 아침 사이

마른 낙차를
한 다리로 걷는 부목이
쩍
갈라지고

너의 말은
내가 없는 모서리에
박힌다

구름에
꽂아 놓은 책갈피

너의 필체

꿈의 내파가
보폭을 바꾼다

남방계

빗방울을 잡으려

허공을 가른다

바람을 반려 삼은 아이가

우산 속,

고요로 뛰어든다

우기마다 서넛은 잠들고, 남방에서

비를 맞으면 꽃이 핀다는 우산

꽃 피우려 물을 뿌리는 우산

벼랑과 벼락의 시절이 드나듦으로

살대를 꼬옥 움켜쥔다

도굴꾼이 버리고 간 부장품 같은

비가 거세지고

남십자성이 식어 가고

우산 받친 아이

압정처럼 하늘에 박힌다

연안파

동지, 생나무 속 나이테를 더듬고
게릴라처럼 무리를 이룬 들풀들의 마디를 세 봅시다

숨을 죽이고 밖에서 안으로 접히는 중국식 우산
석양을 장약 삼은 운석 탄약을 품고
바람에 스민 피의 숨결
잊지 마시오

종파의 깃발을 올리고 벗들은 봉토를 향해 걷고
철문을 쾅쾅 두드리며
가슴속 포탄
산분수합(山分水合)의 강토를 위해

우물을 파고 흙을 덮고 파이프를 박고
빛을 내장할 수 있다면
북적(北狄)의 심장에 빛의 화석들이 발아한다면

살아서는 마실 수 없는
맑은 독주와 함께
맞지 않는 시계를 차고

밀지를 태워
듭시다

연륙교를 건널 준비는 되어 있소
공화국의 밀실을 향해
어둠의 독니를 위해

어떤 유흔도 발견되지 않을 것이오
라이터는 분실될 것이고
입경 후 동맹은 불안할 거외다

길섶 나무들이 들풀에 의지해 그림자를 감추듯

동지,

봄에서 밤으로
8월의 파종으로
종파로

무서록
—해산계

우리는 늘 둥글게 앉았지
원탁의 기사는 아니지만
한 순배 돌아가는 잔은
지구를 항행하는 별자리였거나
가장 아름다운 발음의
이국에 역을 달리는 순환선이었지
가끔 선로 끝이
다른 풍경 속으로 빨려 들 때
높이 뛰어올라 하이파이브
둥근 원 안에 마법사처럼 매혹적으로 우리
투명한 영혼이거나 무모한 소란이었거나
그냥 우리 같이 이를 부딪치며
다음 세기 간빙기를 기다리면 안 되나
침엽수처럼 여윈 두 번째 애인이나 걱정하면 안 되나
하늘에 떠 있는 모든 것들이
시체가 되어 흩날릴 때
고딕풍 광장 네거리에서 낭만적이라고 합창하자
절망은 숭고하고 분노는 고슴도치처럼
서로 다른 표정으로 맞이할 저녁의 소리들
흘려 쓴 이교도의 기도문을 외는 동안

카이로스

처음과 두 번 사이
귀 밝은 물고기들 국경을 넘는다
침묵으로 세운 결계
출입 금지 푯말보다 은밀히
못질 없는 금표를 넘으면
창밖을 내다보는
늙은 고양이의 등을
어루만질 수 있다
두 번은 처음과 기대와 미련을 공유하지만
세 번과는 단호히 결별한다
가림막을 세운 묵도(黙禱)와 통곡의 방
처음과 두 번 사이
어떤 밀률(密率)로
신은 파종되는지
시선이 오래 닿은 곳부터
과일은 썩기 시작한다

제3부

星變測候　單子

今十一月初三日庚寅夜三更末彗星始出於東
方渭氣中及其四更漸上之後詳細測候則在於
翼宿內六度強主極一百十度星体日漸分以七
則差異恒星尾跡似有加而差少減其末七翼
星上

前觀象監奉事臣辛
天文学教授臣黃
前觀象監正臣鄭
蕪　敎　授臣朴
弘文館副應敎臣金

강희 3년 11월 초3일 경인(庚寅) 3경 말에 혜성이 동쪽 탁기 중에서 나오기 시작했다*

오늘 상(上)은 높고 존엄한 좌대에 앉아 고개를 떨구며 숨을 낮게 쉬었다 삼남에 들불들이 땅의 배꼽을 향해 행진하기 시작했고 노란 깃발들이 음모를 이루어 산의 정기를 해치고 있었다 부복한 자들은 상의 귀(耳)가 호성(弧星) 서쪽과 군시성(軍市星) 동쪽을 향해 있음을 알고 내심 마음을 놓았다 사관의 붓은 침묵의 옥음(玉音)을 받아 적느라 빈 벼루에 붓을 담가 허공의 문법대로 초(草)를 작성하였다 후세의 해독이 불가능했다

밤 4경에 점점 위로 떠오른 후에 상세히 관측하니 익수(翼宿) 안 6도를 조금 넘은 곳에 있었고, 북극과의 거리는 110도였다*

담을 넘는 바람이 소란스럽다 하여 귀갑(龜甲) 방패를 든 무사를 입(立)했다 붕(崩)한 대원군이 닫힌 문을 두드렸으나 벗이 두루 잔을 높이는 탓에 미월(眉月) 주위에 날것들이 몰려들었다 한우(汗雨)가 비원의 대나무 숲처럼 스

70

산해, 옥니를 몽니로 발음한 상선(尙膳)의 혀를 도려내 연못에 던져 버렸다 상은 이가 서서히 빠지는 느낌이었으므로 구순(口脣)에 자물쇠를 걸고 음식을 폐(廢)하는 시늉을 했다 굽은 등을 모사(模寫)하여 궐 앞에 걸어 두니, 나라에 시름이 들면 후세가 유훈을 능숙하게 흉내 낼 수 있었다 그럴 때면 북국의 적풍(赤風)이 출몰해 근심을 덜었다

성체는 날마다 조금씩 분명해져서 오늘은 항성과 다를 바 없었다*

상에게 잔을 올린 날것을 충신이라 칭하고 봉록과 봉지를 나누어 주었다 두문자어(頭文字語)로 관향(貫鄉)을 세우고 절묘한 신풍으로 곡물을 길러내 온전히 곳간에만 쌓았다 춘궁기에 마른바람이 들면 두 말에 두 되를 얹어 아랫것들의 헛배를 채워 주었다 공언무시(空言無施)의 정신이 상에게서 무상히 척(尺)에게까지 미쳤다 법도에 따라 도처청산(到處靑山)이 태평성월이라 방을 붙여 후세에 남겼다

전 관상감 봉사 신(辛)
천문학 교수 황(黃)

전 관상감 정 정(鄭)

겸 교수 박(朴)

홍문관 부응교 김(金)*

꼬리의 자취는 더 늘어난 것 같으며 조금도 감소함이 없
었고 그 끝은 익성(翼星) 위로 나왔다*

꽃이 피었다 달이 목성과 겹쳤다

후(後)는 자주 취했고 가난과 가뭄에 익숙해졌다

달라진 것은 없었다

기록하니 졸(卒)했다

후인(後人) 무직처사 전(全) 부(附)

●*로 표시한 부분은 1664년 12월 19일 『성변등록(星變謄錄)』에서.

성변측후 단자(星變測候 單子) 2
―단자론(monadology)

순치 18년 정월 13일 계해(癸亥) 밤 5경 혜성이 동쪽 하늘의 우수(牛宿)에 속한 하고성(河鼓星)에 나타났다*

염소의 머리를 하고 물고기의 모습을 한 별이 기수(汽水)에 떨어졌다 소격서의 제조가 황급히 머리를 조아리고 제를 올렸으나 주위의 촛불들이 하나둘씩 꺼졌다 나라에 빛이 사라진 첫날이었고 상(上)은 군(君) 항(行)의 집으로 거처를 옮겨 변고에 대비하였다

혜성이 하고성의 소성(小星) 가까이로 조금씩 이동하였다*

낮부터 취중에 귀뚜라미들이 허공을 채웠다 솔(蟀)의 무리가 지나는 자리마다 백성의 귀는 난(亂) 중의 벽서처럼 도성에 출몰하였다 사람의 소리가 아닌 것들이 사대문의 담을 넘었고 선비를 살찌우는 비유어(肥儒魚)들이 개천을 거슬러 삼각에 닿았다 구우(久雨) 지나 건들장마에 이무기가 상의 눈썹으로 흘러들어 파천한 상은 자주 꿈에서 깨어났다

꼬리의 길이는 2척 조금 넘고, 꼬리의 자취는 하고성의 중대성(中大星)에 미쳤다*

상은 소(疎)에 위아래를 두지 않았으나 금시에 행간의 의미를 살피고자 했다 기작과 모작을 구분했고 복지지리 (復之之理)의 성변을 일월로 치환하였다 마침 죽은 군대의 장군이 두 개의 단자를 올려 후인의 매무새를 급박히 알려 왔으나 서쪽 각수(角宿) 거성의 변고를 미처 알지 못하였다

혜성의 성체는 하고소성에서 점점 어두워졌다 북극과의 거리는 82도였다*

아침 어상(御床) 수라에 팔도의 귀와 입이 배설되었다 상의 정수리에 주름이 늘었고 단자의 배후에 성의(聖意)가 미쳤다 상의 선택이 무리의 기미를 보였기에 자오선 위에 배열된 별의 문장이 왕조의 문양을 붉게 물들였다
상은 그만 무렴자를 내렸다

달빛이 밝고 또 새벽이 밝아 오기 때문에 혜성의 형체가

매우 희미하였으며 꼬리의 흔적이 보이지 않았다*

하고성(河鼓星)의 중성인 견우성이 남쪽으로 이동할 듯하자 날이 밝아 왔다 수지(手指)로 관측할 수 있는 법인데 빛이 밝아서 있는 것 같기도 하고 없는 것 같기도 하여 관측할 수 없었다

천문학 교수 송인용(宋仁龍)
전 관상감 정 황효공(黃孝恭)
광흥창 주부 송이영(宋以穎)
홍문관 부수찬 김만기(金萬基)*

후(後)의 학문이 전대의 기록으로는 설명될 수 없었다 소리로 적었으나 뜻으로 거세했으며 알 수 있는 것 같기도 하고 모를 수 있는 것 같기도 한 것은 입에 올리지 않았다 말하지 않음으로 깊었고 모름으로 앎을 칭송했다

있는 것 같기도 하고 없는 것 같기도 한 단자의 구멍 사이로 멸실된 시간들이 익수(溺水)의 세간(世間)을 건너왔다 상의 관상감 측후(測候)와 각루(刻漏)는 수(數)와 괘(卦)

로 남아

　죽은 장군의 대로(大路)에 가로등을 이루었다

　천행이었다
　천운이 아니었다

　빛이 너무 밝아서 소멸되었을 것 같으나 분명히 알 수는
없었다*

● *로 표시한 부분은 1661년 2월 11일 『성변등록』에서.

성변측후 단자(星變測候 單子) 3

─손결자다(損缺字多)*

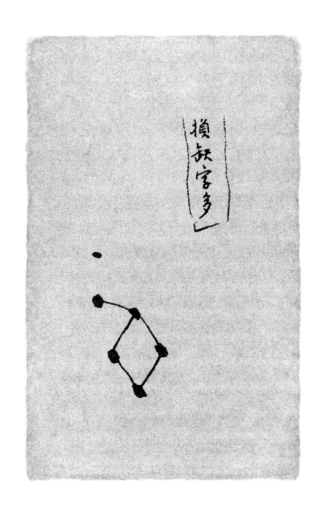

강희 3년 12월 30일 정해(丁亥)
하늘은 금일로 어둠이 다했다
눈을 잃은 귀신들이 도성 거리에 창궐하였다
몇 차례의 결집(結集)을 소집했으나
파직된 관상감들이 천궁을 따라 망명했으므로
하늘에 올리는 부고처럼 적요로웠다
단자(單子)에서 글자들이 쏟아져 내렸다
아이들이 글자를 주워 공깃돌을 삼았으나
던져 올린 글자들은
천정(天頂)을 향해 천천히 사라져 갔다
집개에게 던져 준 뼈다귀에서 인린(人燐)이
도성에 은하를 이루었다
치우기(蚩尤旗)처럼 모질고 사나운 바람이
주산(主山)의 등뼈를 깨물었다
천원성(天園星) 지난 눈알들이
삼수(參宿) 병성(屛星) 위로 향하고
어제 태어났어야 할 나라의 신생들이
젖꼭지를 놓고
낮게 울었다
지극히 깊은 곳의 인장이

깨져 윤슬로 빛났다

제국의 하늘은 금일로 어둠이 다했다

서계(書契)의 시대가 종언하였다

●*로 표시한 부분은 1665년 2월 14일(추정) 『성변등록』 단자의 "글자가 전부 없어졌다(損缺字多)".

성변측후 단자(星變測候 單子) 4
—직성(直星)

무신년 정월 26일 을축(乙丑) 초저녁
흰 기운(白氣) 한 줄기가 서쪽 하늘 끝에서 시작하여 하늘
가운데로 뻗었다*
조석의 나날이 변이(變異)로 가득해 성과 현에
밭은기침이 돌고 돌았다
천 개 눈알이 푸른 눈꺼풀의 표피를 뜯어내고
방상시(方相氏)는 손발의 개수를 세
첫 셈이 끝나면 제조의 손목에 표식을 달아 두고 다시
셌다
하늘의 흉이 땅에 미치지 않게 할 법이 없으므로
서계(書啓)가 급하였으나
탁기(濁氣)가 서쪽 하늘에서 번져 와
어둠이 아닌 곳이 없었다
망중 작은 종이에 써서 넣었으나
차비문(差備門)마다 자세히 알지 못해 달려가 말하지 않
았다*
문틈으로 자미원(紫薇垣), 태미원(太微垣), 천시원(天市垣)
의 결계가 무너져 내려 한천(旱天)
황금 용과 흰 호랑이가 엉켜 큰 천변(天變)을 이루었다
첨성대 서쪽을 민가의 나무가 가려 하늘 끝까지 훤히

바라볼 수 없었다

　　그 뿌리를 보지 못하여 이 현상은 이름 붙일 수가 없

었다

　　하늘이 사람을 땅에 쏟아 놓고

　　종이 소매를 잘랐다, 몌별(袂別)

　　혜성의 아홉 갈래 길이었다

●*로 표시한 부분은 각각 1668년 3월 8일, 9일 『성변등록』에서.

빛의 기원

수많은 문들 앞에 제단을 쌓고
낮에만 향과 불을 피우다
물을 부어 재까지 쓸어 냈다

어둠의 눈이 별이고
하늘의 장자가 별이고
천궁의 종기가 별이고

눈먼 필경사의 중얼거림이
빛의 심장을 찢어
제단을 적시면

기다리는 것과
기리는 것과
기대는 것이
다르지 않았다

하늘을 이고 산다고 믿는

어둠을 걸어 둔

종족이 있었다

串

    국적이 두 개다 좌익은 천으로 읽고 우익은 곳이라 우긴다 경계선이 없었다면 큰 싸움이 났을 법한데, 굴러 굴러가다 동그라미로 글러 먹었을 것이다

    선은 면을 지지한다 몽우리를 달고 있는 가지들이 그러하고, 어묵을 꾀는 대나무와 저녁을 싣고 달리는 거마(車馬)들의 힘줄이 동족(同族)으로 분류된다

    달이 두 개 뜬 하늘에는 달을 끄려 종탑을 오르는 사람들의 행렬이 있고 연금의 공식을 그림으로 그려 망실된 지혜를 전하려는 전설이 전해 내려온다

    곧추설 수 있다는 믿음이 척추의 무게를 견디게 한다 중력이 없다면 우리의 코와 입은 달아났을 것이고, 혈맥을 짚는 운지법은 바람의 소산(疏散)이 되었을 터이다

    먹고 남은 뼈들을 모아 울타리를 세운다 틈과 경계 사이로 아이들은 처녀가 되고, 옹벽을 세우고 절토하고 성토하여 봉수를 올리며

탱

하고, 串이 장정(長征)을 떠났다

바람의 별단

영 밖에 파발은
뒤축을 물고 있다
별의 귀를 틀어막고
바람의 편자를 달군
문장은 이미 무겁고 굳다
밤은 무탈한가
창과 살이 하늘을 긋는데
벽에는 갑주 걸 곳이 없다
지금 나의 이름은
변란 중에 목숨보다
길고 중하다
구름의 간자들이 날아올라
소나무 사이에 어른거린다
푸른 이리는 피를 토하고
여우는 귀를 얼음에 댄 채 식는다
하늘도 정이 있다면
하늘 역시 늙었을 것이다
모래 먼지가 수염을 당긴다
평지를 떠난 총탄이
무연히 달려온다

●하늘도 정이 있다면 하늘 역시 늙었을 것이다: 이하, 「금동선인사한가(金銅仙人辭漢歌)」에서.

산해관

산과 바다를 직통한다

좁은 협곡을 따라 걸을 때
당신은 가는 목구멍이 되고

갈변한 피
모래 폭풍 속 천민(遷民)들
혀를 따라 춤추고 있다

그림자 기우는가

지나(支那)의 해를 산관에게 묻는다

한 알 모래가 벽돌이 되고
무너진 성벽에 먼지가 떨어져 날린다

앙다문 수만의 잇바디들이 진군해 온다

해의 무게를 측량하던 서반(序班)
횃불에 그을린 장벽으로 걸어 들어간다

오랑캐의 시간
당신은 산해로부터

하북(河北)이 울고
열하(熱河)가 끓어오른다

방상시

나무도 새도 지렁이도 알아듣는
그림과 노래와 춤을 탈에 그려 넣었다네
굴레를 타고 지나는 길
사람은 모르고 사람 아닌 것만 알고 있는 길
눈이 밝아
노랫소리 구슬프고
네 눈은 대장(大葬)의 앞에서
앉은 것도 아니고 선 것도 아니고
너는 찡그린 사방을 향해
멀리 떠나는 상여처럼
곰의 가죽을 뒤집어쓰고
황금빛 눈으로
적과 흑의
바람을 가르며
문을 나서네
나무도 새도 지렁이도 알아듣는
그만 이 난중(亂中)의 숲에서
북과 징을 치며

오늘의 독경

침엽수림에 눈이 내린다
고요의 폭도로부터 걸어 나온다
땅으로부터 멀어지는 표정으로
당신의 입장에서 걸어 나오고
상처는 당신에게만 소중하고
내일과 예언 사이
일그러진 벽을 더듬거린다
본 적 없는 몸이어서
생애 처음 듣는 발음
환상에게 미만하고
폭력을 겸허하게 만드는
첫걸음과 첫소리들의 결단
오늘이 두려운 이유는
어제가 익숙해지기 때문,
혀의 뒷면으로 중얼거린다
내려놓으면
발목 아래가 서서히 사라지는
송곳 천지에
음과 뜻이 제 갈 길 가듯

달의 비등점

얼굴 안쪽에서 달이 끓어올랐다

천둥의 강을 가둔 무수한 계절들이

폭발하는 화산을 등지듯 한쪽 방향으로 달리기 시작했다

외뿔로 물속에 원을 밀고 나아가는 일각고래와

바람의 주파수에 걸려 곤두박질치는 벌매에게

예민한 척추동물의 등뼈가 물고 있는

모래가 유리가 되는 시간까지

정오를 지나 오목 달과 볼록 달이 겹친다

어제를 기록하는 입술

계시록을 잃어버린 제관이 오르는 계단 끝

빛이 사라지기 직전

뛰어내린다

말의 바깥으로

힘껏 팔을 흔들며

누구도 멍든 별에 대해 말하지 않을 때

숲 이후의 숲

숲의 주위는 자주 마른다 터진 입술 주위를 벌겋게 성 난 개미들이 모여든다 잇몸을 갈고 혀를 들쑤신다 숲의 모든 구멍으로 오와 열을 맞춰 하나둘 뛰어든다 벗어 놓 은 신발이 물고기의 산란 길을 돌며 달빛을 오래 휘젓는다

모래를 뛰어다니는 개구리에겐 삼키지 않은 돌이 하나 있다 투명하고 가벼운 돌, 입속을 구르기도 했지만 기울 기와 무게의 균형을 찾아갔다 빛이 잠깐 숲의 경계에 걸 터앉아 신호를 보낸다 입술을 살짝 벌린다 투명하고 가벼 운 돌, 손가락 끝에 하나씩 살별이 반짝인다

젖은 햇살이 숲을 찾아왔다 어둠을 더듬는 소리는 다급 하게 곁에 누운 별의 배꼽을 두드렸다 헤엄치는 법을 잊 은 개구리는 배밀이를 하며 수면을 느리게 기어간다 지느 러미를 먹고 낙엽처럼 가라앉아 눈을 부라린다 투명하고 가벼운 돌을 토해 내고 싶지만 숲은 대문을 걸어 잠근 내 내 깃털을 쓸어내린다

수피(樹皮)에 바람이 가죽을 뒤집어 걸어 놓는다 늦게 말문이 터진 벌레들이 노래한다 일기장에 쓴 하루가 기

억나지 않는 아이처럼 울지 않는 아이의 성문(聲紋)처럼
  숲을 접으면 숲이 된다 숲을 걷으면 숲이 된다
  숲 다음에 숲은 숲 너머의 숲은

하얀 소리

—정진규 시인 1주기에

비의 귀

미음이 오래 묵어 하늘에 닿고

가물고 텅 빈 밑이 터진다

어떤 풍등에 실려 떨고 있는가

발목을 잡는구나, 라후라

헹가래 치고 모두 뒷짐을 지던

저녁 물결들

물을 두드리고 말을 고른다

더 먼 곳으로 비는 자꾸 걸어가는데

입을 벌려 물을 모은다

송곳니를 부딪치며

숨을 참는다

달과 해의 뼈를 모아

천정에 위리안치하는

핏속에서 놓여난 피톨들

날숨과 들숨의 알을

들고, 품고, 깨고

저 물속으로, 날것으로

하얗게 걸린

거개(車蓋)

별의 한바탕

세한도(歲旱圖)

몸속의 지류를 더듬는다

흐르는 것들이 예사롭지 않다

며칠간 금식한 속이 비어 가고 있다

만지기라도 하면

흙담처럼 허물어 내릴 듯하다

물의 길도 허물을 벗을까

속 깊은 체념, 가지런히 벗어 놓으면

한바탕 큰물 져 흘러갈 수 있을까

썩지도 않고 갈증만 더해 가는 시절을

영글지 않은 풋감을 씹어 먹으며

오래 한 사람을 사랑하고도

몇 차례의 발작을 하고도

신강(新疆), 그 끝없는 사막

따귀를 올려붙이던 모래바람을 맞으며

오래 서 있다 알았다

말라 버린 샘 속에서

더듬이를 잃고 맴돌고 있다는 것 모래를 삼키면

선 채로 모래 기둥이 된다는 것

저린 손끝을 중심에 가만히 대 보면

잘 달궈진 불씨가 마른 종이 위에

길을 내며 흐르고 있다는 것

제4부

태몽

벗어 놓은 속옷을 보며 생각한다

태어나서 가장 많이 내 살을 만진 건 엄마가 아니지

몸집이 커지며 문기둥에 키를 적어 두는 이야기는 대처에 나와 처음 들었지

파충(爬蟲)의 사나움은 허물을 벗는 데 있지

늪에 사는 가물치나 고무 다라의 가물치나 둥근 지구에 던져진 가물치나

북극성으로 머리를 두고

머리는 뱀을 닮고

아가미를 뻐끔거리던 시절과

공기로 호흡하는 폐

검은 비늘이 쏟아진다

기억나지 않는 시간을 상징으로 만든 꿈

치마폭 한 마리 가물치로 태어난 나는

강 속을 후벼 먹는 수달처럼 살았으니

가물치는 먹는 게 아니고

가물치는 파충류가 아니고

가물치는 내가 아니고

안내 데스크

다리를 당겨 앉는다
솜털이 시간의 실패에 감긴다

네 가랑이 사이 철심에서 놓여난
나무 반죽

텅 빈 귓가에 열꽃을 키우며
담쟁이 걸음으로 벽을 기어오른다

벼랑 끝에 걸터앉아 다리를 흔드는
마흔이라는 반지름

검은 머리는 이 방에서
숨이 가쁘다

늑골에서 정수리로 금세
굽은 도인(刀刃)이 파고든다

벽의 장식을 전부 떼어 내자
눈을 반쯤 닮은 구멍이 생긴다

보일 때까지
오래 바라본다

점자책처럼
낮의 절반은

둘째는 없는
건넌방을 열어 둔다

참(站)

참에 앉아 있다

우두커니 참, 계단 사이에 있지만
위아래는 분명하다

시간의 배당과 희생 사이를 걷다
마음이라고 부르는 입술의 모양은
어떤 간격으로 열고 닫히나
비를 피하려 처마 밑에 서 있는 사람의 경계와 같이
첫 발짝은 어디로 향하나

당신의 이름은 참,

일요일에는 자장가를 불러야 하고
지하철 안내 방송에는 참을 짠이라고 발음한다

이곳에 살고 있지만
저곳으로 가지 못하는

희미하게 사라지는 기분

나는 참, 길들여지고

동전의 좌우를 바꾼

아이들이
놀이터와 보도를 드나들며
숨바꼭질한다

● 참(站): 역마을 참, 우두커니 설 참, 일어설 참.

심인성

척수 눌린 짐승처럼
누워 있었다

차라리 몸의 병이 낫겠다 싶었지만
겁먹은 거미들과 며칠을 뒤척이는 동안
몸에 하나둘 돋아나는 두드러기들

구멍 난 옷의 구멍을 풀어 주고 싶어
구멍을 따라 옷을 찢는데

별일 없었다는 말에 무의식이라 답하는 의사
별일이 없었던 것은 아니고
별일이 아니라고 생각하려 한다는 그 반대편

사람은 다 석판이 되어 가는 거란 생각
음각과 양각이 정과 칼의 소산이 아니고
마음의 마른 뿌리혹으로부터
천년 비문(碑文)처럼 인양되었다는 생각

주머니에 라이터와 몇 톨의 약을 품고 다닌 날들

속을 이렇게 오래 들여다본 적이 없지 않았나 하는

내 몸에 얼굴 같은 게 담겨 있다
연중무휴 기사식당처럼

역치

넘지 못할 경계에는 터널이 있지
가령 연인들이 맞잡은 손에도
도서관을 걷고 있는 밑창과 바닥에도

어둠을 견딜 때는
소음에 민감해야 하지
짐승의 눈이 굴에서 커지는 건
빛이 아니라 소리를 찾는 거지

혼자 먹는 저녁 식사가 끝나 가는데
애완용 토끼가 핥고 있는 혀와 상처의 빈틈을 훔쳐보고
있지

방명록에 남은 본 적 없는 이름과
읽을 수 없는 글씨체 사이
삐져나온 촉수들이
유빙처럼 테두리를 그리며 흐르고 있지

전력 질주해 결승선에 멈춰 선 심장에게
청진기를 대고 속삭이고 있지

귀신이
심호흡을 가리키며

귀를 까닥,
까딱,

열역학법칙

일요일 백반집 저녁처럼
내일은 내 생일이다

뚝배기에 담긴 찌개를 보며 생각한다

살아 있는 일은 열을 내는 것이다
식어 가는 뚝배기에게 기한을 정하는 일이다

우기를 지나온 사람의 등에 피어오르는 김처럼
한때 나도 뜨거운 자궁 속에
확확 수저질하듯 숨을 불었을 터이지만

부푼 풍선에 공기가 차츰 온도를 높이듯
곤죽이 된 몸이 언젠가 열을 내며 썩어 가겠지만

그전에 한번 스위치를 끄고 눕는 날이 있겠지
수류탄보다 뜨겁게 터질 날이 오겠지
무표정한 얼굴로, 빈 몸으로
촛불을 끌 날도 있겠지

손잡이 없는 종이컵처럼
모서리가 없어 뒹구는 뱀처럼
꼬리 긴 먼지별처럼
앞으로나란히 닿지 않는 그 틈처럼

내일은 내 생일이다
세일 전단지 마지막 날같이

목요일

방문을 열고 닫으며

노크하지 않는다

공기의 뼈대를 흐트러트리지 않아야

공간의 감정과

조우할 수 있다

하체가 사라진 귀신들이 남긴 발자국

날개가 퇴화된 벌레들의 체취

구레나룻을 비비며

천 번이나 거울 속을 들여다본다

장식장 도자기 속 기포가

방전된 하늘로 놓여나는 사이

외딴 방의 전구는

천장을 바라보고 잠든

곁을 빗겨 간다

그리고

아무도 집으로

돌아오지 않는다

소리 내지 않고

내장을 토해 앞발로 천천히 위(胃)를 비워 내는 개구리

처럼

아버지 찾기

　쿤타킨테, 너의 일대기는 기억나지 않지만 너의 이름은 기억난다. 묘비 없는 산을 오르내리며 쿤타킨테, 하지 못한 독백보다 하지 않은 고백이 많은 자들의 땅. 발끝에 준 힘이 더 깊은 곳으로 지구라는 방울 추에 닿으면 쿤타킨테, 사람은 사람이 아닌 그 처음으로 돌아갈 수 있을까.

　채찍을 맞으며 굳이 왜 새로운 이름을 발음하지 않았을까, 죄짓지 않아도 쉽게 터져 나오는 자백의 방언을 왜 그토록 고집했을까. 뿌리 없는 나무가 없고, 대추는 늘 썩지 않고 땅에 남아 제상에 자리 잡고.

　박수 받고 착석하는 독재자처럼, 절개지에 드러난 늙은 소나무처럼 나는 지금, 쿤타킨테 도끼와 낫과 삽을 메고 족보를 찾아.

　쿤타킨테, 우리의 영민하고 강인한 전사 부족이 살던 대륙의 산맥을 향해 뛰자, 쇠못을 박아 버리자, 고모와 이모들의 왕국을 위해, 연호를 새로 쓴 제국의 환관처럼.

　잃어버린 땅의 뿌리를 찾아, 케이프를 쓰고 잘리고 눌리고 깎이고 눕혀지는 쿤타킨테.

산딸나무 이유식

*

작은 사람이라 밥이 아니고
짓는다는 만든다로 족하다

*

산딸나무 그림자가 베란다를 넘어 등에 올라탄다
신의 자식을 매달았다는 나무
신과 관련된 나무와 빛은 아무리 봐도 좀 독한 데가 있
는데

사랑니를 뺀 곳에 박힌 밥알이 간질인다
잇몸까지 올라온 흰 산딸나무 꽃잎
배꼽 아래 공손히 손을 모으고 인사한다

등속(等屬) 이름을 하나씩 부른다
입술을 오므리고 하나둘
한 형제와 자매가 된다
단단한 살갗이

나무 아래 한 그늘로 익어 갈 때까지
둥근 별을 평평하게 살 때까지

*

사방을 비추는 나무

산딸나무 그림자를 걸치면 길을 잃지 않는단다

집과 밤의 난간 사이 꽃이 피고 진다

비도 오지 않고 바람도 불지 않아도

아침은 생긴다

주소지가 생긴 딸에게

각주가 붙기 시작한다

그늘에는 물고기

보자기를 목에 두르고 아이는
높은 곳에서 뛰어내린다
트램펄린처럼 운동장이 잠깐 출렁인다

투명한 얼룩,
눈부신 경계로 고래상어의 등이 어른거린다

큰 짐승은 순한 법이지만
마음은 부리한 눈망울의 무게에 쉬 휩쓸린다

지구의 배후는
바다에서 걸어 나온 공주가 잠시, 백만 년쯤 머뭇거리다
뒤돌아

지느러미 그늘에 젖어 드는 것

그늘이 첨벙거리는 것

큰 물고기가 참은 숨을 머금자
바다가 부푼다

나무 이파리는 무연히
허공을 비집고 들어
품을 키우고

대지를 곁눈질하던 구름이
선선한 바람을 베어 문다

아이들은 납작하게 엎드려
파도에 흡반을 붙인다

꼬리를 흔들며 잿빛 가루를 몰고 다니는 짐승 물고기

그늘이 반이어서
낮은 키의 풀들이 제 키를 재고 있다

스위치

백주 염천 침상에 누운 그녀가
눈이 온다고 전화를 했다
일기예보보다 정확한 그녀가
백사장에 끌려 나온 고래처럼 그렁거렸다
젖은 속옷에서 하얀 소금이 서걱거리는데
한데서 자지 마라 한데서 자지 마라
어차피 비도 눈도 처음엔 다 얼음인데
마음이 한데이니 도리가 없는데
폭염주의보가 반도를 진득이 띄우고 있는데
백주 염천에 눈이 온다고 전화가 왔다
낮의 울대가 길어지는데
백 년 후에 서울엔 눈이 멸종된다는데
선풍기는 고개를 주억거리고
개는 집을 나와 앉아 내 앞발을 핥고 있다

계절은 그만
정전(停電)해라!

건강검진

올 것이 왔다

약속을 미루고 몇 번이나 퇴짜를 놓았지만

시민은 곧 용병, 공단이

과태료를 월급에서 공제한다 최후통첩했다

고향 집에 생활비를 부치는 낭만의 파병 용사에게

앓고 있거나 앓을 병을 진단하고

예언해 보겠단다

앓았던 병은 많았는데

몸만 아팠던 것도 아니었는데

오늘도 한 끼를 때우며

공복을 빙하기 삼아 살고 있는데

이 생(生)이 한 번은 아니었을 거라 짐작하고 있었지만

나는 귀화식물처럼 튼튼하지 못했나 보다

본 적 없는 자식과

자꾸 깨는 꿈 사이에서

병이 보일 만큼

덜컥

마음이 기운다

초록색 앵무새를 찾습니다

저녁에만 밝은 가로등에

구인 광고를 보았다 사람을 찾든

개나 고양이를 찾든 바랜

사진과 품을 매긴 가격이 붙어 있는 법인데

거짓말처럼 초록색 형광펜으로

고양이의 발, 개의 발 쓰여 있는

"초록색 앵무새를 찾습니다"

실종인지 가출인지, 이름도 없는 그저 초록색 앵무새

앵무과 328종의 어디에도 속하지 않는

초록색 앵무새

담배 연기 피워 올리며

새가 날아간다고 농을 치던 후배의 등 뒤로

가끔 저녁이 붉기는 했는데

베란다에 키우는 한해살이 푸성귀들이

초록색이었다는 생각

가장 애타는 이름 없음과

집에 가기 싫은 초록색 앵무새는

어느 하늘을 둥지 삼아

초록으로 멍든 소리를 흉내 내고 있을 테니

출퇴근에 보는

반쯤 바람에 뜯긴

"초록색 앵무새를 찾습니다"

인공호흡

토요일 아침 전화가 왔다.
그녀의 전화인데 목소리는 그녀가 아니다.
그녀는 오늘 이 통화에서 마지막 주인공이다.

그녀의 통화를 또 다른 그녀가 받는다.
그녀가 받는데,
그 옆에 또 다른 그녀가 운다.

그녀가 울자 옆의 그녀가 운다.
따라 우는 것은 아니다.
그녀에겐 이유가 있고,
다른 그녀에겐 이유가 있으나 내가 알 길이 없다.

첫눈이 오고 닷새가 지났다. 지구의 활엽수림 절반이 침엽수로
변해 갔다. 고슴도치처럼 바늘을 세운 나무들이 머리를 흔드는데
정수리로 표창 같은 별이 꽂혔다. 가장 무른 곳을 찾아 맨 활줄이
하늘을 둘로 갈랐다. 어금니를 물고 태양은 언제나 제자리. 텃새가
철새가 되듯, 낮에 진 별은 누구도 보지 못했다.

나는 전화를 받지 않아서 울지 않았다.

그녀가 올 수 없어서 그녀들이 우는데.

숨을 한번 깊게 들이마신다.
크고 팽팽한 풍선을 생각하며
내가 아는 가장 큰 수까지 세리라.

숨을 만지작거린다.

별이 빠진 하늘과
조개껍데기 하나를 떼어 낸 펄과
손금이 사라진 손바닥과
직행에서 순환선이 된 버스 노선으로.

어떤 숨은 다시 돌아
숨길 찾아 역류한다.

무릎을 꿇고 기도를 열고
열두 번씩.

나는 부재중인데 운다.

신의 사슬

뿔에

손이 닿기 전까지

나의 얼굴은 바닥의 소유이니

시간의 틈을 가르는 성상(聖像)

같은 자리를 맴도는 결빙의 바람은

가장 낮은 자의 배후

얻지 못한 몸과 다시 소환할 수 없는 주문(呪文), 끝내

뒤편에 닿지 않아 완성되지 않을 이름에게

매혹의 낱장으로 나누어진 하루를 어떤 무늬로 새겨 넣
을 것인가

이편저편의 문을 찾아

꼬리표를 붙이고 흔들리는

빛의 신탁

숨구멍을 파고든 천 개 별

어둠의 심장을 들고

여전히 그 무엇도 아니어서

나는 이름 이후의 사람

아뜩한 하늘, 아득한 대지

김영범(문학평론가)

그 안개 속에는
내가 모르는 시간의 입자들이
태어나서 자라고 번창했다
—김훈,「강산무진」

은자불우(隱者不遇)

산수화는 줄곧 동북아시아 회화의 주류였지만, 고려를
거쳐 조선에 이르러서는 보다 특별한 지위에 오르게 된다.
가령 조선 초기 이현보의 「어부가」나 후기 윤선도의 「어부
사시사」를 상기해 보자. 알다시피 이 작품들은 산수화의 전
형적인 이미저리를 응축한 '어부(漁父)'를 주인공으로 삼았
다. '어부(漁夫)'가 아닌 이들의 삿갓과 도롱이는 현실과의
노장적 거리를 상징했고, 사(士)와 대부(大夫)가 이 거리를
누리거나 그런 향유를 와유(臥遊)하도록 하는 세계 질서의

가운데에는 '임금(君)'이 좌정하고 있었다. 노장의 자연관과 유교의 이념이 결합했으나, 실제로는 후자에 방점이 찍혀 있었던 것이다. 이런 까닭에 경세(經世)와 제민(濟民)에 대한 포부를 이들 시가에서 읽을 수 없다는 것은 뜻밖일 수도 있다. 그렇지만 윤선도의 사례가 시사하는바 양란을 치르고도 조선이라는 도학 세계(道學世界)는 오히려 건재했음을 기억해야 한다. 중당(中唐)의 가도(賈島)가 찾았던 이와 달리 조선에서 은자는 실상 사대부였다. 지배층의 취향이 깃든 문화의 산물이 바로 산수화였던 것이다. 안개 자욱한 산수의 이면은 자연스럽게 은폐되었다. 아니 그 아득함이 향유의 본질을 이루었을지도 모른다. 백성들의 불우(不遇)는 우선 거기에 기인했을 터이다.

허나 자주는 아니어도 도학 세계에 성군(聖君)은 출현했고, 산수화도 질적 변모를 계속했다. 그중에서 가장 극적인 장면이 연출된 작품은 아마도 「이인문 필 강산무진도(李寅文筆江山無盡圖)」일 것이다. 하지만 이 그림이 기존의 산수화와 구별되는 점은 사계절의 대자연을 파노라마로 연출한 규모의 광대함에 있지는 않다. 그보다는 산수와 어우러진 한 사람의 은자나 그를 어부(漁父)로 만들어 주는 한 척 거룻배라는 전형을 전복시켰다는 데 있다. 기백(幾百)은 넘어 보이는 사람들과 배들은 물론 구릉이나 천봉만학 곳곳에 반듯하게 자리한 집들과 그런 거처들을 이어 주는 여러 길들은 이인문이 그려 낸 것이 사람살이의 시공간이라는 사실을 알려 준다. 이 무대의 주인공은 따라서 은자가 아닌 백성이며,

자연은 그들 삶의 터전이다. 원경을 부각시키기 위해 쓰인 안개도 새롭다. 원경 역시 그런 무대로 그려졌기 때문이다. 이럴 때 아득한 안개는 세상살이의 간단없음과 인생살이의 꿋꿋함을 강조하는 효과를 내게 된다. 그러나 요순(堯舜)의 과거로 회귀하기보다 백성들과 미래를 건설하고자 했던 성군의 바람은 실현되지 못했다. 다만 그가 총애했던 화가의 그림으로만 남았다. 이 그림이 보물이 된 까닭은 우리가 여태 그런 세상을 온전히 만나지 못해서일까.

숭고한 절망, 카이로스(Kairos)의 기미

미리 말하면 전형철의 시는 그렇다고 믿는 편이다. "문장과 마음 사이를 사포질하던 모래 폭풍"에 갇혀 있다는 주체의 자의식은 첫 시집에서도 보았지만(「빛」, 『고요가 아니다』), 함정은 유구해서 올가미는 쉽사리 끊어지지 않는다. 어쩌면 그것은 차라리 인간의 역사 자체와 같다고 해야 마땅할 수도 있겠다. 전형철의 이번 시집에서 역사로 남은 시공간과 그곳에서 살아갔던 이들이 자주 등장하는 이유는 이러한 사정과 무관치 않다. 예컨대 「무서록—해산계」를 보자. 이태준의 산문집에서 제목을 빌려 온 이 시는 별안간 청춘이 끝났음을 자각한 주체의 중얼거림으로 채워져 있다는 인상을 준다. 그런데 두서없는 황망함의 갈피를 잡게 해 주는 것은 임화가 낸 문서를 차용한 부제이다. 이 점에서 이 시는 혁명의 불가능성을 인정해 버린 청춘의 후일담이 아니다. 이 시의 낭만성은, "네거리에서 낭만적이라고 합창하자"에서 볼 수 있듯이, 임화를 따라 미래를 초대하는 주체의 태도에서 발원한다. 현실에 절망하여 낭만적으로 비상해 버리지 않았던 이들 선배 문인들이 광복 후 같은 길을 갔다는 것은 잘 알려진 사실이다. 그러므로 이 시는 함께 청춘을 견뎌 낸 이들을 향한 편지로 그치지 않는다. "절망은 숭고"하다는 것을 절감한 청춘 이후, 차마 그것에 휘둘리지 않고 "서로 다른 표정으로" 제 이상(理想)을 위해 걸어가는 이들을 위한 헌시이기도 하다.

하니 역사적 시공간에서 분투했던 이들이 이번 시집의 처처에 포진한 것은 당연한 일이다. 그들이 지금-여기의 우리 삶에 본보기가 되는 까닭에서 말이다. 하지만 전형철의 다른 시들은 「무서록」과는 다르게 구체적 인물에 집중하지 않는다. 대신 익명에 가까운 인물군을 조명한다. 가령 조선의용군 계열의 독립운동가들로 빨치산파에 도전하여 숙청되다시피 했던 '연안파'는 이를테면 "맞지 않는 시계를 차고" 있었다. 해서 역사의 흐름에서 도태되었다. 그렇다고 그들의 삶이 무화되는 것은 아니다. "8월의 파종으로" 그들의 행적은 남한에서 기록되었고, 이렇게 시로도 기억되고 있지 않은가.(「연안파」) 그러니 생의 성패가 세속의 권력과 직결될 수는 없다. 적어도 그들은 제 시간의 주인이었다. 이것이 전형철의 시가 믿고자 하는 것일까. 「산해관」은 더욱 잡히지 않는 이들을 환기하는 시이다. 거란과 여진이 지배하던 시기 '천민(遷民)'이라 불렸던 곳에서 주체는 "한 알 모래가 벽돌이 되고/무너진 성벽에 먼지가 떨어져 날린다"

라고 노래한다. 앞 행은 상상이고 뒤의 행은 목격이지만, 후자로써 전자는 짐작될 수 있다. 두 왕조는 망했으나 '천민'들이 살았던 흔적은 저렇게나마 남아 있다. '하북(河北)'의 승덕(承德)을 여전히 '열하(熱河)'로 기억하게 만든 연암의 일기처럼. 이는 분명 전형철의 시가 증언하는 바다.

영 밖에 파발은
뒤축을 물고 있다
별의 귀를 틀어막고
바람의 편자를 달군
문장은 이미 무겁고 굳다
밤은 무탈한가
창과 살이 하늘을 긋는데
벽에는 갑주 걸 곳이 없다
지금 나의 이름은
변란 중에 목숨보다
길고 중하다
구름의 간자들이 날아올라
소나무 사이에 어른거린다
푸른 이리는 피를 토하고
여우는 귀를 얼음에 댄 채 식는다
하늘도 정이 있다면
하늘 역시 늙었을 것이다
모래 먼지가 수염을 당긴다

평지를 떠난 총탄이

무연히 달려온다

─「바람의 별단」 전문

　사전은 '별단(別單)'을 왕에게 올리는 문서에 덧붙이는 문서 등이라고 설명하니, '편자'나 '갑주' 등의 시어들과 함께 이 시의 분위기를 그런 과거로 조성한다고 하겠다. 꼼짝 못하고 묶인 "영 밖에 파발"은 주체가 처한 상황의 긴박함을 고조시키고 그런 만큼 그의 "문장은 이미 무겁고 굳다". 그런데 그에게 "길고 중"한 것은 '목숨'이 아닌 '이름'이다. 왜인가. '푸른 이리'와 '여우'의 모습이 가리키듯 죽음을 목전에 두고 있는 소이에서다. "변란 중에 목숨"이라는 표현이 암시하는바 기실 주체는 상황을 다소 과장했다. 허나 세상에 나설 한 벌 "갑주 걸 곳" 없는 곳에 거하는 단독자에게 '메멘토 모리(Memento Mori)'를 상기하는 순간은 언제든 찾아오기 마련이다. 한데 "하늘도 정이 있다면/하늘 역시 늙었을 것이다"라는 이하(李賀)의 시구는 주체에게 두려움을 극복하는 주문이 된다. 하늘은 무정하기보다 무심할 뿐이다. 수많은 왕들조차 피하려 했듯이 죽음 앞에서 최소한 인간은 평등하다. 죽음이 그렇다면 삶도 그래야 할 것이다. 하여 그는 영화 「내일을 향해 쏴라」의 결말처럼 제 운명을 외면하지 않으려 한다. 이처럼 전형철 시의 주체는 또 다른 가능성을 찾아 머뭇대지 않고, 그런 것들과 이제 "단호히 결별한다"라고 맹세한다(「카이로스」). 실로 그러한 결단의 순간, 인간 자신의 시간이 비로소 개시될 터이다.

피투(被投)와 기투(企投)의 저울

허나 그런 순간이 간단히 무르익을 수는 없는 노릇이다. 전형철의 이번 시집에서 가장 눈에 띄는 작품들인 「성변측후 단자」 연작은 주체의 내면에서 그와 같은 시간이 준비되는 과정을 거시사(巨視史)로 재구하려는 기획이다. 사전이나 고서에서나 찾아볼 수 있는 언어에 대한 시인의 관심은 첫 시집에서도 뚜렷했지만, 우주와 수학에 대한 기호(嗜好)까지 더해지면서 이 연작시들은 전면적인 상징 세계를 구축하고 있다. 그러나 시를 이해하기 위해 사전을 들 필요까지는 없다. 어디까지나 이 옛말들은 장엄함의 아우라를 빚어내기 위한 장치로 기능하며, 이 점 「바람의 별단」과 별반 다르지 않다. 『성변등록』에서 인용한 부분을 제하고도 시의 전언은 넉넉히 헤아려진다. 일테면 저 세계는 "허공의 문법"이 난무하여 시인과 같은 "후세가 유훈을 능숙하게 흉내 낼 수" 있다. 그래서 "법도에 따라 도처청산이 태평성월이라" 하는 견강부회로 일궈 낸 궤변의 우주는 시가 차용한 예의 장엄함에 의해 내파되기에 이른다. 나아가 주체는 "후인(後人) 무직처사 전(全)"이라 덧붙임(附)으로써 헛된 위엄과 엄숙이 횡행하기는 지금-여기의 세상도 매한가지라고 넌지시 일러 준다.(「성변측후 단자 1」) 한편 두 번째 연작시의 서두에 등장하는 "염소의 머리를 하고 물고기의 모습을 한 별"은 서구와 근대가 도착했음을 알리는 알레고리다. 동양의 견우성(牛宿)이 서양에서는 물고기 꼬리를 한 염소자리 니 말이다.

그러므로 허위의 장엄함이 배태한 것이 장엄한 비극이라 도 이상하지 않다. 셋째 연작시에서 주체는 "어제 태어났어 야 할 나라의 신생들"의 낮은 울음을 배음으로 깔고 "서계 (書契)의 시대"가 끝났음을 전한다. 이리하여 왜(倭)에 문서 를 내리던 관례는 무효화된다. 주지하는바 서구의 근대로 무장한 일본과의 관계는 역전된 것이 아니었다. 일방(一邦) 만이 비참해졌다. 어둠이 다한 "제국의 하늘" 아래서는 황 제도 그를 섬기던 백성도 그를 위해 별들을 올려다보던 신 하도 "눈을 잃은 귀신"처럼 망연자실하여 정처가 없었다. 때로 삿(邪)되었을망정 하늘과 땅을 이어 주던 매개자의 상 실은 "하늘을 이고 산다고 믿는//어둠을 걸어 둔//종족"에 게는 낯설기 그지없는 새 세상이었다(「빛의 기원」). 마지막 연 작시에서 주체는 그것을 "하늘이 사람을 땅에 쏟아 놓고/ 종이 소매를 잘랐다, 몌별"이라는 진술로 장면화한다. 이별 을 아쉬워하는 중세적 인간이 잡은 옷소매, 그것을 끊어 버 리는 매정한 하늘은 그런데 무심결에 근대적 개인을 탄생 시켰다. 고로 저 소매는 우리에게 남은 탯줄일 터이지만, 주체가 "아홉 갈래 길" 앞에서 느끼는 곤혹처럼 이 땅에서 그것이 말라비틀어져 떨어지는 데에는 공교롭게도 아홉 해 가 걸렸다.

어둠은 열기다

깊은 곳은 뜨겁다

간유리에 비친 가로등을 품고
지금 웅크리고 있는 자
이 별에 그림자로 사는 사람

어둠의 족적을 불러내며
발톱과 손톱이 자라는 걸 번갈아 지켜보는
파산의 시간들

오늘에서 내일로 넘어가지 못하는 시곗바늘 위

쇳물로 된 지구의 내핵을 매만지는
마음의
이 뜨거운 씨앗을
어디다 내던져야 하나

　　　　　　　　　　　　　　—「추(錘)」 전문

「성변측후 단자」 연작의 맞은편에 자리한다고 할 시편
중 하나이다. 주체는 여기서 현대를 사는 개인의 내면 풍경
을 현상해 냈다. 언뜻 일상의 주체와 신화적이고 역사적이
며 가끔은 우주적이라고 할 주체가 혼재하는 전형철의 이
번 시집은 미시적 시간과 거시적 시간을 가로지르는 주체
의 항해일지이기도 한데, 이러한 횡단의 궁극적인 목적은

두 시간의 무게를 달기 위함이다. 저울이 어디로 기울지는 따라서 처음부터 정해져 있다고 해야 옳다. 그런즉 상고(相考)는 종종 철회되어야 할 테지만, 그럴 수도 없다. 문제는 찰나와 달리 영원은 감지되지 않는다는 데 있다. 아니 일순(一瞬)이 억겁처럼 느껴진다는 게 좀 더 본질적이겠다. "오늘에서 내일로 넘어가지 못하는 시곗바늘 위"에 매달려 전전긍긍하는 주체의 상황은 현대인 모두가 어떤 방식으로든 겪을 수 있는 일이다. 자신 이외에 기댈 무엇도 없는 "파산의 시간들"이 허방과 같이 도처에 매복하고 있는 탓이다. 비단 히키코모리가 아니더라도 겁먹은 짐승처럼 제 서혈(棲穴)로 철수하여 "지금 웅크리고 있는 자" 허다하다. 한데 제목과 마지막의 자문을 나란히 놓으면 답은 이미 제시되었다는 사실이 드러난다. '추'를 손에 든 이는 다른 누구도 아닌 자신이다.

훈습의 필압과 거리

그럼에도 「추」의 주체가 보여 주는 우유부단이 설득력을 얻는 이유는 "보이는 것"이 "믿는 것"이 되어 버린 물신 지배의 현대를 우리가 살아가기 때문이겠다(「망원」). 벗어날 수 없으므로 선택지는 "별일이 아니라고 생각하려" 하거나(「심인성」), 무의식이라는 '신비스런 글쓰기 판'을 아픔 아닌 것들로 새로이 그리고 반복해서 써 내려가는 일이다. 전형철 시의 주체는 자기기만 대신 후자를 택했다. "늦게 말문이 터진 벌레들이 노래"하는 「숲 이후의 숲」의 주문과 같

은 마지막 두 행이 보여 주듯 말이다. 접어도 걷어도 변함
없이 '이후의', '다음에', '너머의' 숲으로 남는 일. 그것은 "하
지 못한 독백보다 하지 않은 고백이 많은 자들의 땅"(『아버지
찾기』), 고해(告解) 없는 세계를 선사한 이의 당연한 몫일까.
부상당한 짐승의 신음처럼 음습한 기운이 자욱한 전형철
의 시집에서 온기가 감도는 몇 편의 자전적 시는 사람이 주
는 훈기만이 우리를 치유할 수 있다는 믿음을 새삼 확인하
게 한다. 예를 들면 이유식을 만들며 "주소지가 생긴 딸"에
게 건네는 주체의 말은 투명한 울림으로 다가온다(『산딸나무
이유식』). 하지만 어떤 단어들은 발음되어서는 안 된다. 주체
는 그럴 수 없다. 금기라서가 아니다.

> 토요일 아침 전화가 왔다.
> 그녀의 전화인데 목소리는 그녀가 아니다.
> 그녀는 오늘 이 통화에서 마지막 주인공이다.
>
> 그녀의 통화를 또 다른 그녀가 받는다.
> 그녀가 받는데,
> 그 옆에 또 다른 그녀가 운다.
>
> 그녀가 울자 옆의 그녀가 운다.
> 따라 우는 것은 아니다.
> 그녀에겐 이유가 있고,
> 다른 그녀에겐 이유가 있으나 내가 알 길이 없다.

(중략)

나는 전화를 받지 않아서 울지 않았다.
그녀가 울 수 없어서 그녀들이 우는데.

ㅡ「인공호흡」 부분

인용 시의 마무리는 이렇다. "나는 부재중인데 운다." 울음으로 가득한 시라 하겠다. 그러나 주체 말고는 누가 우는지 명백하지 않다. 하니 일단 의도적으로 은폐한 것으로 보이겠지만, 실은 분별할 수 없는 혼란의 지속과 아직 충분하지 않은 애도가 원인이다. '그녀'가 누군지는 다른 시를 우회하면 짚어 내기가 어렵잖다. 이 시집에서 '그녀'라는 시어가 등장하는 다른 시는 「스위치」가 유일한데, 주체는 병상에 누워 전화를 한 '그녀'의 말에 황당함보다 침묵 속에 빠져든다. 그리고 "태어나서 가장 많이 내 살을 만진 건 엄마"가 아니라는 회고는 주체가 태어날 것을 예지한 이가 모친보다 살뜰하게 그를 보살폈음을 가르쳐 준다(「태몽」). 더구나 자전적 주체는 "지키지 못한 임종"으로 마음이 아프다(「슬프다고 말하기 전에」). 이쯤이면 「인공호흡」의 "마지막 주인공"인 '그녀'의 윤곽이 선명해질 것이다. 하지만 어떤 단어는 입에 담기 무섭게 눈물을 쏟아 내게 만든다. 예컨대는 '엄마'와 같은 호칭이 그러하다. 이 시의 주체에게는 '할머니'가 그런가 보다. 가족 호칭은 대명사도 일반명사도 아

139

닌 고유명사다. 하여 그것은 아담의 언어와 다르지 않다. 그(녀)를 우리 앞에 다시 소환하는 마법을 행할 수도 있다. 주체는 아직 '할머니'를 불러 세울 수 없을 따름이다. 한즉 전형철의 시가 멜랑콜리에 허우적이지 않는 이유는 가장 자전적인 주체일 때조차 유지되는 이러한 심정적 거리에 있다.

　　참에 앉아 있다

　　우두커니 참, 계단 사이에 있지만
　　위아래는 분명하다

　　(중략)

　　당신의 이름은 참,

　　일요일에는 자장가를 불러야 하고
　　지하철 안내 방송에는 참을 짠이라고 발음한다

　　이곳에 살고 있지만
　　저곳으로 가지 못하는

　　희미하게 사라지는 기분
　　나는 참, 길들여지고

동전의 좌우를 바꾼

아이들이
놀이터와 보도를 드나들며
숨바꼭질한다
                              ―「참(站)」 부분

간혹은 번다할 정도로 다층적인 분석이 개입할 가능성
을 열어 두는 기술적인 거리도 거기에 기여한다. 펀(pun)을
적극 활용했지만 위의 시는 전혀 장난 같지가 않다. 시제로
쓴 한자 '참(站)'에 주를 달았으나 거기에 얽매이지도 않았
다. 첫째 것은 일단 주석의 범주 안에 있다. 그런데 둘째에
쉼표가 붙으면서 거기서 탈주할 조짐을 보인다. 자신이 "계
단 사이에 있"다는 깨달음에 얼이 빠지는 순간을 의미하는
의존명사로도 읽히기 때문이다. 셋째에서도 이탈은 이어진
다. 하지만 이번에는 의미론이 아닌 화용론의 차원에서다.
주체는 "당신의 이름"을 망각한 것이다. 다섯째는 자기 연
민의 감탄사로 이해할 수 있으므로 쉼표 다음에 '잘'이 누락
되었다고까지 해석할 여지가 생긴다. 그렇다면 넷째 '참'은
어떤가. 중국에서 이 한자는 "짠이라고 발음"되지만, 주체
는 다른 어느 곳에도 '짠' 하고 나타나지 못한다. 그렇게 그
는 '이곳'에서 "희미하게 사라지는 기분"을 예감한다. 지금-
여기가 객사(站)에 불과하다는 주체의 무력한 눈길이 최종

적으로 멈춘 자리는 하지만 아이들이다. 주체는 이쯤에서 입을 닫았으므로, 이참에 그가 말하지 않은 바를 짐작해 본다. "사람을 제일 약하게 하는 것들이 아무것도 모르는 채 웃고 있었다."[1]

꿈꾸는 방상시의 독백

전형철의 시는 형상의 구체성보다 말의 무게에 치중한다. 이 점에서 그는 낭만적 시인이랄 수 있다. 게다가 천공의 운행과 수학에 대한 관심은 역설적이게도 그가 피타고라스학파와 같은 신비주의자라는 느낌으로 다가온다. 하나 그렇지 않다. 진실로 "사람은 모르고 사람 아닌 것만 알고 있는 길"을 보는 '방상시'이기를 자처하지만, 그의 네 눈(四目)은 카오스와 코스모스를 분간하기 위한 것이다(「방상시」). 둘은 사람이 보는 것을 나머지는 사람이 보지 못하는 것을 포착함으로써 지금-여기 우리가 처한 궁지의 근원을 들어서 보이려 한다. 요컨대 저 높은 천공과 그의 무거운 언어 사이의 낙차에 주목하면, 이야기는 달라진다. 그는 철저히 지상의 시인인 것이다. 그의 시에서 수학의 간명한 언어가 아니라 수학 자체가 사유의 대상이 되는 까닭도 같다. 그러므로 그의 시가 낭만적일 수 있다면 그것은 "오늘이 두려운 이유는/어제가 익숙해지기 때문"임을 직시하는 데서 온다(「오늘의 독경」). 이것이 현실을 목도하고 거기에 부단히 부대

---

1 조세희, 「육교 위에서」, 『난장이가 쏘아올린 작은 공』, 이성과힘, 2000, p.158.

끼며 더 나은 삶을 바라는 우리의 실존적 낭만성일 터이다.

「이인문 필 강산무진도」라는 화제(畫題)가 증언하는 것은 이 그림이 그의 소작으로 '강산무진'이라는 전통적인 주제에 속한다는 사실이다. 또한 '필'이라는 글자는 화가가 실제로 거기에 붙인 제명은 알려져 있지 않았고 나중에 따로 이름이 붙여졌음을 추론하는 실마리이다.[2] 후대인의 이러한 명명 행위는 이 그림이 다룬 제재들에 기인한 것이겠지만, 살폈던바 이인문의 그림은 화제를 넘어섰다. 그리고 그의 꿈은 여태껏 온전하게 실현되지 않았지만, 혹 오리무중의 세상 어느 모퉁이에 숨어서 꿈틀대고 있는지도 모를 일이다. "삶의 단어로 내 선 곳에서 가장 먼 데로 찌를 던질 것"을 다짐하며 오늘을 일구려는 혼잣말이 시인만의 중얼거림일 수는 없으니 말이다(「오늘의 작법」). 왜냐하면 시집의 말미를 차지한 아래의 시에서처럼 우리의 나날은 "매혹의 낱장"으로 채워질 수도 있는 덕분이다. 그런 한에서 "완성되지 않을 이름"으로 남을지라도 시간은 아득한 대지에 뿌리박은 우리 편일 것이다.

시간의 틈을 가르는 성상(聖像)

같은 자리를 맴도는 결빙의 바람은

---

2 민길홍, 「강산무진도, 이인문」, 국립중앙박물관 누리집.

가장 낮은 자의 배후

얻지 못한 몸과 다시 소환할 수 없는 주문(呪文), 끝내

뒤편에 닿지 않아 완성되지 않을 이름에게

매혹의 낱장으로 나누어진 하루를 어떤 무늬로 새겨 넣
을 것인가

—「신의 사슬」부분